# 바람에게 길을 묻다

문학세계사

너무 오래, 멀리 떨어져 있었다.
머나먼 여행길에서 돌아와
시詩의 집으로 들어가려니 낯설고 두렵다.
부끄럽지만 다시 한 번
부끄러움을 받아들이기로 했다.
나의 시가 내 의업醫業의 손길이나 말보다
더 나은 위안이 되었으면 한다.
세월의 마디마다 마주한 소중한 인연들에게
고맙고 미안한 마음으로 바친다.


2016년 가을
박영호

□ 차례

# 1

## 2

# 3

# 4

*1*

# 경주에 가다 1


경주 가는 도로는 붐빈다
아이들처럼 들뜬 마음으로 길 나선 사람들
축 늘어진 가로수처럼
그곳에 닿기 전에 길에서 먼저 지친다
오지 말았어야 할 것을 수백 번 되뇌면서도
사람들은 이미 지상에서 사라진 지 오랜
경주에는 왜 가는 건가
경주라는 말 들으면 우리 가슴 속에
알 수 없는 그리움의 불씨가 살아나는 것일까

유적의 자취 더듬어 이정표를 따라 가면
빌딩 사이로 보이는 크고 작은 고분들,
이젠 중턱까지 경작되고 있다
초라한 입간판으로 제 모습을 알리는
사라진 왕궁이나 절터,
잊혀진 시간을 파는 사람들이 길을 막는다
조잡하게 덧칠된 절이나 유적들은
문이 잠겨 있어 되돌아 나오는데

한낮인데도 술 취해 흐느적거리는
한 무리의 관광객들

경주에서 내가 보고자 한 것은
경주 어느 곳에도 없다
경주 가자고 누가 말하면 고개 젓는다
경주는 지상에서 이미 사라진
마음속의 적멸보궁 같은 곳이라고,
다시는 돌아갈 수 없는
어머니 품속 같은 곳이라고,

## 경주에 가다 2

무덤 주위를
녹슨 울타리가 둘러 쳐져 있고
나무들이 에워싸고 있다
무덤은 죽어서 또 한 번
들어가는 감옥이다

무거운 흙더미에 눌려
발버둥치는 죄수의 영혼
둥그렇게 부풀어 올라 있다

사람들이 무덤 쪽으로 걸어간다
길이 끝나는 곳에 무덤이 있다
저녁 햇살이 사람들의  긴 그림자를 끌고
그 속으로 들어간다

출입금지 푯말이
잔디 위에 넘어져 있다

# 경주에 가다 3

모든 것의 끝인 그곳으로 들어가는
계단에 불이 환하게 켜져 있다
무수한 사람들의 손길이 닿은
벽은 검게 반질거린다
입구에 진열된 모조 유물들,
구석자리엔 깨어진 유물 몇 개,
마치 설치미술을 연상시킨다

무덤 주인이 누웠던
검붉은 흙이 드러나 있는 바닥은
파헤쳐진 채
사람들의 구경거리가 되고 있다
더 보여 줄 게 없는 흙구덩이,
사람들은 자신들의 미래를
물끄러미 들여다보고 있다
변하지 않는 것은 저 흙뿐,
무덤도 오래 쉴 수 있는 곳은 못 된다며
돌아나오는 사람들은 파헤쳐진,
주인 없는 무덤을 가슴에 쓸어 담는다

경주에 가다 4


낡은 집들 사이
잡풀 무성한 공터가 있다
초라한 탑 하나 덩그렇게 서 있다

옛 절들은 자취마저 없고
집 없는 사람들이 인근에 초라한 집을 짓고
절의 흔적 지우며 살고 있다
공터 주위의 포장마차와 손수레들은
동네 사람들 마음의 절집이다
마땅히 놀 곳 없는 아이들이
풀밭에서 뒹굴고 있다
저녁 햇살도 기울 무렵의 탑 그림자가
아이들과 같이 어우러지고 있다

# 경주에 가다 5

제 소리의 울림에 금 간 종
종각 안에서 허공에 매달린 채
사람들의 구경거리가 되고 있다

더러워진 세상과 달라붙는
녹을 털어 내던 종소리를
이젠 들을 수 없다
울지 못하는 자신을 향한 분노는
퍼런 녹이 되어 삭고 있다
울 수 없는 종은 더 이상 종이 아니다

문을 걸어 잠근 종각,
종 아래에는 무수히 떨어져 있는 동전들

종을 바라보는 사람들의 마음 한구석
보이지 않는 곳에도
울어야 할 때 울지 못하는 종이 달려 있는지
사람들의 발길이 무겁다

# 경주에 가다 6

온통 돌밭인 빈터,
모습 일그러진 석불이
이름만 남은 절터를 지키고 있다

석불 앞 제단은
타버린 양초와 눌어붙은 촛농,
석불의 가부좌한 다리는
시커멓게 그을렸다

다닥다닥 그 육신에 붙어 있는
시간의 이끼들

석불이 보여 주려는 건 무얼까
돌밭에 깊이 몸 박은 채 서 있는
삭은 몸통과 일그러진 얼굴이
설법을 대신하는 것 같다

삭아 없어질 때까지

산이 없어질 때까지
석불은 그 자리에 서 있을 것이다

## 갓바위 간다

사람들은 갓바위 간다
그곳에 가면 무언가 얻을 수 있다는
확신에 찬 표정으로 무거운 마음 둘러메고
갓바위 부처를 만나러 간다
아는 사람 만나 갓바위 가시나 보죠, 라고 인사를 한다
바람이나 쐬러 나왔습니다, 라고 웃으며 말하지만
속내의 근심을 들킬까 봐 조바심한다
갓바위엔 도대체 무엇이 있는 것일까
가파른 삶의 절벽처럼 곧추선 돌계단 길을
힘들여 올라가는 사람들의 잔등이 땀에 절어 있다
무수한 발길 지나다닌 돌계단이
모서리가 닳아 부처를 닮아 있다
깊은 골짜기 사이로 난 세로細路 벗어나면
환하게 웃는 부처가 거기 있을까
매캐한 향香 연기가 눈물 나게 하는 건 아닌지
세상 번잡한 일들 피해 온 사람들이
이상한 주문이나 외고 있는 건 아닌지
숲과 구름에 가려 갓바위는 보이지 않고

지고 가는 마음 무거워 내려놓고
돌아갈까 망설이며 내려오는 사람들의 표정을 읽는다
갓바위엔 별것 없더군 하는 표정 핑계 삼아
산을 내려오고 싶었지만
빈 마음으로 내려오는 사람들의
얼굴 너무 환해 마음 고쳐먹는다
나는 갓바위 간다

# 갓바위 풍경

팔공산 한 봉우리 정상에
갓 쓴 부처님 한 분 계시지요
언제 정상에 올라
왜 이 높은 곳에 가부좌 틀고 앉았는지
아무도 모르네요
한 가지 기원은 반드시 들어준다는 소문에
혹시 생의 환한 문 열릴까 기대해서일까요
날이면 날마다 부처님 만나기 위해
향이나 공물을 등에 짊어지고
경배 나온 사람들로 언제나 붐비는데요
모두들 엎드려 기도하고 염불을 외우며
가부좌 틀고 앉아 살아 있는 부처가 되었네요
지그시 눈감고 내려다보시던 갓바위 부처님
뙤약볕 아래 꼼짝도 않고
기도 드리는 사람들이 안쓰러운지
바람을 불러 사람들의 땀을 식혀 줍니다
멀리 있던 구름들도 달려와
구름 모자를 씌워 주네요

부처님 저 많은 사람들의 간절한 소망을
졸지 않고 다 듣고 있다는 듯
자욱한 향 연기 사이로
가끔 엷은 미소를 띠우기도 합니다
그 미소가 산 정상을 적시는데
부처를 향해 나뭇가지들은 경배를 드리고
싱그런 나뭇잎들은 반짝입니다
나도 무엇 하나 빌어야 할 것 같아
오랫동안 몸이 불편해 나들이 하지 못하고
웃음도 잃은 채 집에만 있는 친구를 위해
어서 미소 되찾기를 기원해 봅니다

# 바람에게 길을 묻다

사람들이 산으로 간다기에
가벼운 마음으로 산에 올랐네
수많은 발길이 이어졌을 산길이지만
숲이 우거지고 풀들이 웃자라
자칫하면 길을 잃을 뻔했네
정상으로 가는 길을 물어도 아무도 몰라
바람에게 길을 물어봐도
나뭇잎 흔들며 지나쳐 갔네

등에 멘 짐이 너무 무거워
몇 번이고 돌아갈까 망설였지만
새들이 동무가 되어 노래를 불러 주고
갖가지 꽃들은 길을 밝혀 주고
나무들도 그늘을 드리우며 땀을 식혀 주어
갈 길을 재촉했네
계곡을 건너고 돌밭을 지나 잠시 쉬려고
덤불을 헤치니 오래된 무덤들이 있었네
그 모습이 무언의 가르침 같기고 하고

텅 빈 머릿속을 탁 치는 한 소식 같기도 했네

가쁜 숨 몰아쉬며 오른 정상에는
구름으로 덮여 아무것도 보이지 않았네
신비로운 영혼을 가진 산들은
항상 구름으로 제 얼굴을 가리나 보네
다시는 산에 오지 않으리라 중얼거리며
골짜기로 내려와 산 위를 바라보니
얼굴을 드러낸 산이 또 오라며
환하게 웃고 있었네

## 운주사 천불천탑

고비사막 횡단 야간 침대 열차에 누워
차창 밖을 내다보면서 온 세상의 별들
다 그곳에 있는 줄 알았다
천문도의 별자리에 맞춰 세웠다는
운주사의 천불천탑이 문득 떠오른다
용화 세상 만들 일념으로 석공은
하룻밤에 다른 탑과 부처들을 세웠지만
북극성 자리의 부부 와불은 세우지 못했다는데
세우지 못한 게 아니고 석공 부부가
스스로 그 자리에 누운 것이리라
누워야 하늘을 온전히 볼 수 있다는 사실을
그 석공은 이미 알았는지,
미륵의 세상보다 아름다운 별밤 하늘에 취해
그대로 잠들어 있는지도 모를 일이다
부부 와불이 일어나는 날 세상이 바뀌고
태평성대가 온다고 했던가
와불이 배를 타고 미륵 세계로 노 저어 간다면
나도 기차 타고  밤이 새도록 사막을 건너가
그 아름다운 곳에 닿을 수 있을까

## 고도에서

어디서나 땅을 파면 왕궁이나 사원의 흔적이 있다
부서진 기왓장이나 돌기둥,
장신구들이 검은 재와 함께 있다
사람들은 감미로운 옛노래나 비단의 기억을 떠올리며
알 수 없는 비애에 마음 헝클어뜨린다
영화는 허물어진 돌탑에 붙은 이끼이거나
돌무덤 사이에 피어오르는 작은 꽃,
바람 불면 깨어나는 아우성에는
사라진 왕조의 슬픔이 스며 있다
가늠하지 못할 슬픔이
무덤으로 남아 있다
핏빛 노을이 무덤을 덮는다

# 성분도수녀원

오래전 변두리가 개발되면서
아파트 단지 한가운데가 된 수녀원,
야트막한 언덕의 오래된 건물이다
십자가나 종탑도 없다
이사 온 사람들은 궁금해
장미 넝쿨 담장 너머를 기웃거린다
정갈한 내부의 성스러운 기운이
하루 종일 자동차 소리와 온갖 소란을 잠재우듯
거리를 부드럽게 보듬고 있다
맑은 날 정원엔 셀로판지 같은 햇살들이
조용조용 걸어 다니며
풀밭에 흩어진 새소리를 깨운다
새소리와 햇빛 사이로 산책하는
검은 통치마를 입은 수녀들이 가끔 보인다
세상이 아무리 소란스러워도 그곳에는
깨우면 안 되는 그 무엇이 사는지
언제나 문이 굳게 닫혀 있다
찬송가 소리조차 들어본 사람이 없다고 한다

시간이 멈춰 서 있는 외로운 섬 같은 그곳에
아무도 가까이 가려 하지 않는다
속된 마음으로 우왕좌왕하는 사람들은
고요를 혹시 깨울까 가까이
가지도 못하는가 보다

# 죽도 시장에서

무료하고 나른해지는 오후에는
나들이 삼아 포항의 죽도 시장에 한 번 가 보시라
주차부터가 전쟁이지만
미로 같은 시장 골목 안으로 들어가 보시라
질퍽거리는 비린내와 바닷물의 출렁거림,
당신을 머뭇거리게 할지도 모른다
붐비는 사람들과 목청껏 질러 대는 호객 소리,
욕지거리가 몸 속에 속속들이 배어 있는 당신의
나른함과 무료함에서 깨어나게 할 것이다
한 번쯤 속는 셈치고 그곳에 들러
잔인한 몽둥이에 머리를 얻어맞고
바닥에서 퍼덕거리는 커다란 방어의 몸부림을 보라
깨달음이 두꺼운 경전이나
경건한 법당에만 있는 게 아니라고
당신의 머리를 스치고 지나갈지도 모른다
어시장 좌판에서 멀거니 당신을 쳐다보는
과메기들의 퀭한 눈이나 불거져 나온 광어의 눈에
푸른 물결이 넘실대는 휴일 오후

헛것을 좇아 모여든 사람들이
아귀다툼 벌이는 난장 죽도 시장에 가 보시라
삶이 뒤범벅된 뜨거운 용광로에서
무료함이나 나른함은 흔적 없이 사라질 테니
어쩌면 소중한 깨달음과도 마주칠,

# 강구항

강구항 입구를 지키는
커다란 모형 대게의 발에
네온 불빛이 켜졌다 꺼지며
금방이라도 바다로 기어갈 것 같다

도로변에 일렬로 놓인 수족관 안에는
게들이 서로 다리 엉겨 움직이지 못해
연신 게거품을 뱉어 내고 있다
만원 전철에서 몸도 움직이지 못하며
숨을 몰아쉬는 사람들 같다

가게 앞 파란 가스 불 위에 올려진
찜통에서는 계속
김이 피어오르고 있다
찜통 속에서는 게들이 붉게 익고 있다

속이 환히 보이는 식당 안
식탁에 수북이 쌓인 게 껍질

사람들은 무엇이 그렇게 즐거운지
웃음으로 방 안이 금방 터질 것 같다

어선들이 고동 소리를 울리며
항구로 들어오고 있다
강물은 게걸음으로 천천히
바다로 흘러 들어가고,

# 고래를 기다리며

늙은 수부는 오늘도 반쯤 취해
낡은 고래횟집에서 바다만 바라본다
언제 올지, 아니면 다시는
돌아오지 않을지도 모를 고래를 기다린다
화려했던 지난날을 회상하며
속죄하는 마음으로 하염없이 기다린다

자리를 비운 사이 고래가 왔다
그냥 돌아가면 미안할까 봐,
돌아온 고래가 내뿜는 하얀 물보라를
멀리서라도 보지 못할까 봐
자리를 뜨지 못하고 기다린다
그의 마음속에 키우는 커다란 고래,
긴 수염의 정 많은 고래를 기다린다
동해 깊은 어느 곳을 어슬렁거리다가
금방 수면 위로 솟구쳐
그에게 인사할 것 같아 기다린다

고래들이 떼 지어 놀고 있다는 풍문이 있다지만
먼 바다로 마중 나가기에는 너무 늙어 버린 수부는
오늘도 기다린다
왜 기다리는지 모르면서
그와 함께 푸른 바다를 누비다가
폐선이 되어 버려진 포경선을 바라보며
돌아오지 않는 고래를 기다린다

바다 깊숙이 숨어 버린 사랑이 돌아온다 해도
아무것도 해줄 수 없는 늙은 수부에게
고래는 슬픔이고 그리움일 뿐일까
건장한 그의 팔뚝에 그려진 고래 문신은
속도 모르고 물을 뿜어 올린다

# 수몰 마을 다녀오다

수몰 되어도 멀리 떠나지 못하고
호수 주변에 모여 사는 그 마을 사람들은
가슴에 안개를 지니고 산다
짙게 드리운 안개는
마을과 세상으로 통하는 길들을 지워 버렸다
바닥을 드러낸 호수에는
작고 낡은 배가 뻘밭에 머리를 박고 있다
마을을 떠난 사람들이 남긴
삶의 흔적이 앙상한 마을 주변에는
안개에 목 졸린 나무들이
쭉정이 열매를 매단 채 메말라 가고 있다
마을을 떠난 사람들의 소식을 기다리며
고향을 지키려 안간힘 쓰는
안개 같은 삶을 살아가는 사람들
외롭거나 힘들어지면 안개를 깔고 누워
양지바른 고향의 안마당에서 뛰놀던 꿈을 꾼다
호수 쪽으로 나 있는 창문으로
희미한 옛집을 바라보는 일이

위안 중의 위안이다

고향 이야기를 물어보면

가슴의 지퍼를 열고 안개를 보여 준다

금세 주위가 자욱해지며 눈가에 물기 머금고

안개 속으로 모습을 감춰 버린다

마을을 떠나올 때 사람들이 가슴에

몰래 스며들어 따라 온 안개

목덜미 간질이고 밤마다 등을 서늘하게 적시다가

내 몸과 한 몸 되어 살아가는 안개

# 겨울, 우포늪

겨울 우포늪에 갔다
수면은 조용하다
물가에 버려져 있는 빈 배
시든 물풀들이 줄기만 드러낸 채
간신히 서 있다

여름 내내 자신을 썩혀
키워 냈던 무성한 물풀들
스스로 감추고 있던
늪의 진정한 모습을
겨울 우포에서 보았다

철새들이 깃들게 하기 위해
끊임없이 물결을 일으키는 늪
물풀 사이에 떠 있는
빈 병과 라면 봉지들
온갖 쓰레기들 밀어 내며
스스로를 비워 내고 있었다

늪 주변에 여럿 있었던 매운탕 식당들
지금 문 닫아
흉물스럽게 벽간판이 떨어져
바람에 덜렁거린다

뿌연 먼지를 일으키며 도착한
관광 버스에서 사람들이 우루루 내린다
소란스럽게 사진 몇 장 찍고는
다시, 먼지를 일으키며 되돌아간다

# 양탄자


비슬산 오르는 길은
높고 가파르고 바람이 세서
오르기에는 너무 험하다지만
진달래꽃을 구경하기에는
더 없이 좋은 곳

많은 사람들
허리가 휘도록 따스한 봄볕을
등에 가득 지고 꽃구경 나온다
산으로 오르는 양탄자를 타려고
장사진을 이루고 있네

겨우내 키 작은 잡목들이 칼바람 맞으며
추위와 기다림을 엮어 촘촘하게 짠
붉은 양탄자 사람들 가득 싣고
구름 속으로 날아간다

붉은 융단 위에서 내려다보면

세상은 아름답다는 경탄의 말
늘어놓고 야호 소리 지르며
아라비아의 왕자들처럼

진달래 피는 시절엔 사람들 너무 많아
오르지 않는 것이 좋다지만
진달래꽃을 구경하기에는
더 없이 좋은 비슬산

# 비슬산

비슬산 높고 가파른 곳
바람은 날카로운 칼날
참꽃은 속절없이 붉기만 하다
숲을 지나는 바람의 거친 숨소리
상처 난 참꽃은 핏빛
해는 서쪽 천지 가득 붉다
비슬산 정상에서 나를 기다리는 안식

비슬산 멀고 험한 곳
지친 다리가 나를 먼저 버린다
비슬산 정상에 닿기도 전에
고통이 나를 기다린다
비슬산 알 수 없는 그곳
갈 수 없는 그곳.
가파른 벼랑 위로 보이는 저
천상의 화원

*2*

# 마음속의 지팡이

제 몸조차 가눌 수 없는 그를
부축하는 것은 그의 가족들이 아니다
반세기 넘게 힘겨운 세월을 견디게 했던
마음속의 지팡이

자리 잡으면 식솔들 데리러 돌아오겠다는
말 한 마디 남기고 남쪽으로 내려온 그,
길이 막혀 버리자 홀로 남게 된 그,
박토에 잡초처럼 뿌리 내리고 폭풍우에 흔들려도
쓰러지지 않게 그를 지탱해 준 지팡이

마음 한 구석을 떠나지 않는 빚은
그를 웃음기 없는 세월을 보내게 했다
지독한 구두쇠로 만들었다
사업에 실패한 그의 아들이 도움을 청했지만
남은 재산은 생사조차 모르는 북녘 혈육 몫이라며
어느 누구에게도 줄 수 없다고
모두 떠나보내고 홀로 살아가고 있다

그가 남기고 온 혈육들은 너무 먼 땅에 있다
생사라도 알아야 눈을 감을 수 있다는 그는
어느새 죽음의 문턱에 서 있다
죽기 전에 지키지 못한 약속 지키려고
황사 자욱한 국경 저편까지
몇 번이나 다녀오기도 했다

모두 허사로 끝났지만 그는 오늘도
마음속의 지팡이 짚고 떠날 채비를 한다
시간은 그의 몸을 구부릴 수 있어도
지팡이는 구부리지 못한다

# 마음속의 우물


내 어릴 적 살던 동네 헐리고
새로 들어선 아파트 단지 앞을 지날 때마다
자꾸 눈길 가는 곳이 있다
아무리 가물어도 마른 적 없는
우물이 있던 곳
온 동네 사람들 목을 적셔 주는 깊은 우물
무더운 여름날 밖에서 돌아와
가장 먼저 달려가던 곳
우물의 서늘한 기운으로도
이마의 땀방울을 식혀 주는
벌컥 들이키면 속까지 시원하던 기억을
지금도 잊을 수 없다
물 한 그릇이면 귀한 손님들도
환한 미소를 짓게 하고
동네 아낙들 이야기꽃 피우던 우물가
물은 나누어 먹어야 한다며
언제나 대문을 반쯤 열어 두라시던 어머니
두레박 소리만 들어도

누가 물 뜨러 왔는지도 알았지

보름달 뜨는 밤이면

우물가에서 물 한 그릇 떠 놓고

동네 사람들의 화목과 우물의 무사도 빌었지

집집마다 수도가 들어온 후

사람들의 발길 뜸해지자

우물은 서서히 말라 버렸지

그 우물과 같이 영원하리라 생각했던 어머니도 이젠

늙고 병들어 생의 마지막 물을 퍼내고 계시지

우물도 어머니도 사람들의 기억에서 멀어졌지만

삶의 갈증을 느낄 때

그 우물을 떠올리는 것만으로도

살아가는 활력을 되찾을 수 있어

오늘도 우물이 있던 곳을 기웃거려 본다

# 마음속의 사막

내 가슴 속에도 사막이 있다는 사실을
사막에 와서야 알았네
끝이 보이지 않게 넓어
힘겹게 건너도 건너지 못한 사막,
너무 가까이 있어 미처 깨닫지 못했던 사막에서
길을 잃고 헤매네
풀 한 포기 자랄 수 없고
쉴 수 있는 오아시스 안 보이는 사막,
세찬 모래바람에 새들조차 날아들지 않네
끝이 보이지 않아 누구도 건넌 적 없는 사막
내 마음 속에 또 다른 사막 하나 있네
순한 눈빛의 낙타들이 살고
밤이면 찬란한 별빛이 야생 양파들의
하얀 꽃을 자욱이 피워 내는 곳
모진 바람 불어도 변함없이
제자리 지키는 그런 사막이 있네

# 마음속의 수성못

지난 밤 꿈속에서 수성못으로 소풍갔네
행여 옛사랑이라도 만날 수 있을까
기대에 부풀어 김밥 싸들고 낯익은 버스를 타고
세월의 옆자리에 앉아서 갔네
넓고 잔잔해 바라보면 가슴 서늘해지던 곳
추억이 너무 많아 아무리 퍼내도 마르지 않는
추억의 옹달샘 같은 수성못
세월의 버스는 길을 잃고 헤매다가
낯선 곳에 나를 내려놓고 가 버렸네
도열하듯 길 양편에 서서
잎을 반짝이며 반겨 주던 나무도 모두 사라지고
높은 건물들이 줄지어 서서 앞을 가로막네
철새들 날아와 한가롭게 노닐던 물 위에는
오색영롱한 네온 빛이 떠 있네
지금은 지상에서 사리진 옛 수성못
세월의 버스조차 지나치지만
내 마음은 못둑에 매인 채 출렁거리네

# 마음속의 절집

깊은 산 속에 나만 아는 절집 하나 있네
무성한 숲과 구름에 가려 잘 보이지 않고
찾아오는 사람 별로 없는 절집
단청이 지워지고 회벽들은 삭아 내리고
마루를 걸어가면 삐걱거려
금방이라도 무너질 듯한 절집

사람들이 입구에 머뭇머뭇 발 들이밀면
잔뜩 화난 듯 서 있는 사천왕들
이놈 죄 짓지 말고 살라며
금방 큰 칼 내려칠 듯하지만
마음이 맑은 사람이 찾아오면
추녀 끝에 매달린 풍경 흔들어 반기고
어둠과 뒤섞인 햇빛이 신비스런 무늬를 그려 내지
금박 입힌 부처가 내려와
어깨를 두드려 주는 곳

정적을 끌며 조심조심 걸어다니는

그 절의 사람들
마음에 등불 켜고 다니는지
어두운 밤에도 불을 밝히지 않아도
어둠 속에서도 아무 불편 없이 살고
세찬 바람도 맑은 목탁 소리로 바꿔 버리네
시간이 멈춰서 있는
내 마음의 절집은 깊은 산 속에 있네

# 개미

탁자 위 과일 껍질이 담긴 접시에
새까맣게 달라붙은 개미 떼
허기 달래기에 분주하다 이 거실에는
얼마나 많은 땀내와 신음이 스며 있는가
하느님이 내려다보는 것을 우리가 알지 못하듯
내가 가만히 내려다보고 있다는 것을 알 리 없는
개미들은 달콤함의 늪에 빠져 있다
금방이라도 먹이가 사라질까 봐
먹이를 물고 잰걸음으로 어디론가 바삐 가거나
줄지어 되돌아오고 있다
개미들이 가는 곳을 따라가 보니
베란다 화분 속으로 들어간다
사람의 거리로 치면 수백 리 길을 왔다 갔다 해야 하는
개미 일족의 힘든 노역이 눈물겹다
하느님이 내려다본다면
우리의 모습도 이와 같으리라
개미 일족의 허기를 달래 주던
저 접시를 치워야 할 텐데 난감하다

화분과 과일 껍질을 정원에 내려놓았다
무리를 잃고 집을 잃고 헤매는 개미들이 애처롭다

# 도둑고양이

아파트 녹지대
못 쓰는 가구들 버려진 으슥한 곳에
도둑고양이들이 모여 산다
무리지어 몰려다니기도 하고
새끼들까지 거느리고 있다
그들만의 천국이다
이른 새벽이나 밤늦게 그곳을 지나칠 때
어둠 속에서 느릿느릿 움직이는
두 눈의 광채와 마주치면
섬뜩 놀랄 때가 한두 번이 아니다
쓰레기통 뒤지며 먹이 찾던 고양이가
뱃가죽에 오물을 잔뜩 묻히고
쓰레기통 위에 웅크리고 있다
다가가면 적의에 찬 눈초리로
슬금슬금 도망간다
세상과 화해하지 못하는 저 광기를
어디선가 본 적이 있지만 생각이 나지 않는다
따뜻한 아랫목에서 먹이를 받아 먹으며

주인을 쳐다보는 나른한 눈빛은 아니다
구속이 싫어 집 나왔지만 세상과 화해하지 못하고
우리 주위를 맴도는
비루먹은 고양이들이 너무 많다 .

# 두더지

시장 낡은 건물 사이 비좁은 자투리땅에
가건물 열쇠 수리점이 있다
비좁은 공간에는 수많은 공구들이 어지럽게 놓여 있다
책상 앞에는 평생 어둠을 맴돌았다는
늙은 사내가 가게를 지킨다
점포 깊숙하고 어두운 곳에
두더지처럼 웅크리고 있는 그 사내,
열지 못하는 자물쇠가 없는 그였지만
자신의 불운한 삶의 자물쇠는 열지 못한다
감옥을 안방 드나들 듯, 젊음을 허비하다가
배운 기술 하나로 열쇠 수리점을 차렸단다
열쇠를 잃고 찾아오는 동네 사람들의
닫힌 문을 열어 주어
스스로의 닫힌 생의 문을 열어 가고 있었다
솜씨 좋다는 소문으로 먼 곳에서도 찾아와
두더지 집을 곧 벗어날 것 같았는데
디지털 자물쇠가 나오면서 일감이 차츰 줄었다
다시 어둠 속을 헤매지 않을까 사람들이

걱정스럽게 그를 지켜보고 있다
잠긴 삶의 자물쇠를 열었는지 오늘은
땅을 더 이상 파지 않고
모처럼 길가에 나와 햇볕을 쬐고 있다

# 양 떼

목장의 양들이 울타리 안에 갇혀 있다
듬성듬성 흙이 드러난 풀밭에서 양들은
저희끼리 모여 풀을 뜯고 있다
그늘 드리워 줄 나무 한 그루 없는 목장
멀리 떨어진 나무 그늘 아래서
양 떼를 바라보는 개 한 마리 보인다
텅 비어 있는 울타리 밖
넓은 초원은 풀들이 웃자라 있다

# 살아 있는 건 모두 흔적을 남긴다

소나기 그친 뒤
뒷골목은 진흙탕이었다
사람들이 지나다닌 발자국 선명하고
물이 흘러간 미세한 물결무늬 사이사이에
지렁이가 지나간 흔적,
어디로 사라졌는지 지렁이는 보이지 않는다
물 마르기 전에 어디론가 가야만 했던
미물들의 몸부림이 그려 낸 저 무늬들
이우슈비츠 독가스실 벽에 남아 있는
손톱자국을 닮았다
모든 살아 있는 것들은 그렇구나
스스로 살아가는 법을 터득하며
흔적을 남기는가 보다
깊이 패인 발자국에 고인 물에
떠 있는 하늘과 구름이 부서지지 않게
조심스럽게 발을 옮긴다

# 까치집

고층 아파트 공사장 인근 전봇대에
한 무리 까치들이 소란스럽게 울어 댄다
아파트를 짓기 전 공터의 미루나무 높은 곳에
둥지를 틀고 살던 식솔들이다

전선과 케이블이 어지럽게 얽혀 기우뚱한
전봇대 상단에 새로 집을 지어 놓았다
공사장에서 물어온 폐자재들로
엉성하게 지어져 있다
아래에서 올려다보니 구멍들이 보이고
하늘 자락도 보인다

오늘 따라 흰 무늬가 더욱
선명해 보이는 까치들
성난 듯 꼬리를 바짝 치켜올리고
전봇대의 꼭대기 위에 앉아 울어 댄다
미루나무 있는 쪽을 향하여 큰 소리로 운다
사람들이 지나가면 더 큰소리로 울어 댄다

공사장에는 까치들이 날아들지 못하게
높다란 타워크레인이 돌고 있다
매달려 있는 건자재들이 위험스럽게
까치집 위를 스쳐 지나가지만
집을 지키겠다는 까치들 꿈쩍도 하지 않는다

# 의자

골목길에 버려진 의자 하나가
길을 막고 있다
거실에서 집안의 중심이었으며
지친 어깨를 받쳐 주던
작은 안식처였던 저 것
색깔이 바래지고 가죽은 찢어져
천 조각이나 스펀지, 짚 같은
잡동사니들이 잔뜩 삐져나와 있다
안락했던 의자의 모양을 지탱하고 있었던
쭈그러들고 일그러진 의자에
지나던 노인이 다리가 아픈지
그 의자에 걸터앉아 쉰다
지팡이로 몸을 겨우 가누는 노인의
삶을 지탱해 주던 것들이 빠져나간
얼굴에 주름이 너무 깊다
의자 옆에는 밤새 갖다 버린 쓰레기들
바람에 날려 온 먼지들이
의자의 수많은 기억들을 지우고 있다

# 상처

산에 오르다 억새풀에 손을 베었다 살을 베이고도 눈치채지 못하는 무신경이란! 한참을 가다가 무심코 들여다보니 엉긴 피가 딱지를 만들었다 피를 보자 사람들이 큰일이 난 것처럼 걱정을 한다 상처 없는 몸이 어디 있겠는가 누구나 마음 깊은 곳에 아물지 않는 상처 하나쯤은 숨기고 살아가고 있지 않은가 살아가는 일이란 상처 받으며 억새풀 같은 세월을 헤쳐 나아가는 산행 같은 것이라며 웃어 본다 하찮은 풀에도 살을 베일 수 있는데 나는 사람들에게 얼마나 많은 상처를 주고 살아 왔는가 지워지지 않는 흉터를 만들지나 않았는지 바람에 억새들은 여전히 날을 세운다

# 거짓

거짓은 그의 습관이다
날마다 말쑥한 거짓의 옷을 입고
출근하는 그의 모습은 진지해 보인다
거짓을 감추기 위해 그의 옷에는
장식을 가장한 아름다운 깃털이 달려 있다
지나가던 사람들 가던 걸음 멈추고
고개를 들어 쳐다보게 하는 저 빌딩은
거짓을 쌓아 올리고
반짝거리는 유리로 거짓을 감춘다
사람들이 밧줄에 목숨을 의지하며
거짓을 반짝이게 하기 위해 창유리를 닦는다
쇼윈도에 진열된 갖가지 상품들이
사람들을 유혹한다
저 물건들은 언젠가 거짓 사랑으로 포장되어
누군가에게 배달될 것이다
노란 옷을 입은 청소부들이
거짓의 껍질을 쓸어 내고 있다

# 가뭄

길가의 풀들이 하얗게 바래 바스락거린다 사람들의 얼굴이 창백해지며 넘어진다 더위에 감겨 돌지 않는 선풍기 날개 대신 방 안에는 파리들이 윙윙거리며 돈다 누가 눈 부릅뜨고 들판을 내려다본다 바람이 지나온 들판에 하얀 먼지가 인다 나무들이 표정 잃고 더위 먹은 개처럼 잎들을 늘어뜨린다 용광로 속으로 녹아 들어간 풍경이 흐느적거린다 지리한 가뭄, 물을 찾아 허공에 떠도는 뿌리들 기다리는 비는 오지 않고 여름을 놓친 매미 한 마리 저 혼자 울고 있다

## 억새풀

삼십여 년 만에 미국에서 온 친구를 만났다 친구의 눈
에 눈물 대신 검푸른 태평양 바닷물이 출렁이고 주름살
에는 쓸쓸함과 역마살이 엇비쳤다 오금 박힌 손 잡으며
문득 억새풀을 생각했다 억새풀처럼 살아남기 위해 손
발 닳도록 뛰어다녔을 비애를 만진 것이다 목소리는 서
부의 먼지바람처럼 건조하고 모국어에 섞인 외로움은
적막하고 무겁다 나누는 술잔에 녹아드는 수많은 세월
의 기억, 우리의 상봉은 기쁘고 괴롭고 슬프고, 자꾸만
세월의 깊은 골짜기로 내려간다

*3*

# 이른 봄

군데군데 잔설 남은 먼 산은
어깨 움추리고 침묵하고 있더니
오늘 아침 푸르른 곳으로
조금씩 자리를 옮겨 앉는다
얼음 풀려 흐르는 물소리나
봄소식 풍문에
순결한 새순들은 무언가 감지한 듯
실바람에 가볍게 떤다
성급하게 봄 속으로 뛰어 들어간
아이들의 머리 위에 나풀거리는 눈발
봄꽃들은 봄눈 어두워
눈발 속을 헤맨다

# 꽃모종을 옮겨 심다

이른 봄꽃 모종하려고
화분을 찾으러 창고에 들어갔다
화분에 남아 있던 구근에서
연둣빛 싹이 돋아 눈을 반짝인다
아무도 돌보지 않은 창고에서
제철 어떻게 알고 눈을 틔우는지 놀랍다
바싹 마른 흙에서 싹을 피워 올리다니
참 분별 없는 구근이다 싶어 만져 본다
부서질 듯한 연약한 싹들,
물줄기가 내 혈관을 타고
메마른 내 가슴까지 타고 올라온다
희망의 싹 한 번 틔워 본 적 없는 가슴,
싹 틔운 구근을 조심스럽게 옮겨 심고
꽃 필 날을 기다리기로 했다

# 잠깐 사이

내려갈 엘리베이터를 기다리며
창밖의 환한 봄날을 내려다본다
정원의 목련들이
봉우리를 벌리기 시작한다

엘리베이터로 내려오는 동안
목련꽃 그늘 아래서
그대에게 봄 편지를 쓸까,
목련꽃 무늬 이불 하나 만들까,
생각에 잠겨 문을 나서는데
꽃들은 그 사이에 지고 있다

피고 지는 것이 잠깐 사이구나
저 목련은 잠깐을 위하여
한 해를 기다렸을 텐데

# 봄날

한적한 소읍 시외버스 정류장 근처
늙은 아낙네 몇몇 좌판 벌려 놓고
쏟아지는 잠 이기지 못해
봄볕에 지친 어깨를 기댄 채 졸고 있다
봄꿈이라도 꾸고 있는지
입가에 엷은 미소가 번진다
아무도 눈길 주지 않는 좌판 위로 몰려오는
푸성귀들이 봄볕에 시들고 있다

언제나 도로 뒤켠에 물러나 앉아
기다리는 일이 생존의 유일한 수단일까
습관처럼 반복하는 동안 또 한 시절
봄날은 간다
먼지와 햇살이 얹어 준 거친 얼굴 위를
봄날이 가고
환한 봄볕도 한낱 지나가는 사치였네

# 봄이면 온다 하더니

누군가 등을 다정하게 감싸 안아
봄이면 돌아온다던
당신인 줄 알았네
뒤를 돌아보니
따스한 봄볕이었네
아지랑이 너머 아른거리는 당신
봄만 먼저 찾아왔네

문밖에 기척에 있어
꽃 피면 돌아온다던 당신인 줄 알고
문 열고 나가 보네
휘날리는 꽃잎들과
온 세상 가득한 향기뿐이네
봄이여, 가지 말아라
당신 돌아올 때까지

# 벚꽃 지는 길

등불 밝히듯 벚꽃들 환히
길 밝혀 주는 봄밤
당신은 그런 봄밤에 걸어 본 적 있나요
가슴 두근거리면서
눈발처럼 날리는 꽃잎에 마음 찔리며
벚꽃 지는 길 걸어 본 적 있나요
꽃을 아쉽게 보내야 하는 봄밤,
숨 가쁘게 며칠을 살다
소리 없이 사라지는 꽃잎을 밟으며
당신은 마음 아파한 적 있나요
잠시 머물다 사라지는 꽃잎처럼
당신도 같은 길을 걸어가는
것을 알고 있나요

# 매화강

섬진강가 매화 지는 것 본다
난분분 꽃잎들이 날아가서
하얗게 강을 뒤덮는 매화강 된다
너울너울 봄 따라 흐르는 매화강
굽이칠 적마다 반짝이는 꽃물결,
눈부셔 눈이 먼다
산을 굽이 돌아 봄산 품으며
푸르러지는 매화강
봄 한가운데로 굽이쳐 흐르다가
뻐꾸기 소리라도 만나면
매화강 몸 뒤척이며 토해 내는 향기에
숨 막힐 것 같아 눈 뜨고 만다

# 이팝나무 아래서

가지가 휘어지도록 꽃들이 무더기로 피어
넓은 그늘을 만든다
어서 먹고 고단한 몸 쉬어 가라고 만들어 준
그 꽃그늘 속으로 들어간다
무슨 축복처럼 너무 환하다
흩뿌려지는 꽃의 흰빛과 아찔한 향기가
환한 연등을 밝히는 거다
허기진 사람들을 위하여
희망의 밥상을 가득 차려 놓은 거다
나무들의 마음을 읽고도
그늘에 앉아 땀이나 식히는 나는
허기진 사람들을 위해
밥상을 한 번이라도 차린 적 있었던가
더 많은 사람들을 배부르게 해주려고
나뭇가지들은 자꾸 땅으로 처지고 있다
아무리 먹어도 배부르지 않을
밥상을 푸짐하게 차리면서,

# 모란

활짝 핀 꽃 속에
용암이 넘쳐 흐른다
붉은 폭풍에 눈이 먼
나비들이 길을 잃고 헤맨다

활활 타오르는 불길이
모든 것 다 태울 것 같다
꽃을 만지는
저 손이 위험하다

# 박꽃

문 밖에 기척 있어 방문을 연다
담장에서 뛰어 내린 환한 달빛이
바람과 어울려 춤을 추네
그 바람 장단에 나뭇잎들은 노래 부르고
달에 입맞춤하는 하얀 꽃들이
부풀어 오른 속살을 보여 주네
부끄러운 구름이 살며시 달을 가려 주고
온동네 개들이 구름을 향해 짖네
달 밝은 밤은 온동네가 소란스럽네

# 별이 된다면

들판에 흐드러진 저 꽃들이 별이 된다면
밤하늘이 얼마나 아름다울까
아름답게 지저귀는 저 새들이 별이 되어 노래한다면
천사들의 노래가 저보다 더 고울까
은빛 비늘의 고기들이 별이 된다면
하늘이 은빛 물결로 일렁이겠지
꽃과 새와 고기들이 어우러진 은하수를 건너면
오작교 너머 그리운 당신 만날 수 있을까요
나도 별이 된다면 어둠속에만 빛나는 별이 아니라
언제나 아름답게 빛나는 별이 된다면

# 봄날 간다

들끓는 마음에 떠밀려
봄날 한가운데로 나섰네
온몸 붉은 생채기로 화끈거리는
미친 봄날은 초록 뿌리며 들판 헤쳐 가네
발자국 소리에 고개 쳐드는 풀포기들과
집 나온 새들로 소란스럽네
햇살을 피해 봄은 제가 낳은 꽃들을 삼키며
아지랑이 속으로 사라지네
보리 이삭에 마음 찔리는 봄날은 아프고
저 들판 들끓는 마음 벗지 못한 나를
홀로 남겨 두고 그렇게 봄날 가고 있네

# 능소화

담장 위에 핀 수만의 꽃으로
골목 안이 환하네
꽃들은 온몸으로 불을 켜
골목을 비추고 있네
죽음의 줄기 끝에 매달린 찬란함이
너무 눈부셔 눈을 감고 골목을 지나가네
저 높은 곳에서 뛰어내리는
가여운 것들 모른 체하고
슬픔을 모른 체하고
담장 아래 수북이 쌓인 꽃들을 밟으며
골목을 눈감은 채 지나치네

# 아카시아


아카시아 숲 속에 군데군데
벌통이 놓여 있고
온몸에 망을 쓴 사내가
꿀을 따고 있다

많은 벌들이
먹이를 지키기 위해 필사적으로
사내 주위를 날아다닌다
사내의 표정은 읽을 수 없다

달콤한 꿀이 든 원심 분리기
속이 채워지는 만큼
벌통들은 점점 비워지고 있다
온몸에 꿀을 묻히고 죽은 벌들을
등산객들은 무심히 밟고 지나간다

향기와 꿀이 사라진
아카시아 시든 꽃잎은 추하다

# 오, 가여운 것들

바람 타고 내려오는 꽃잎들
잠시 지상의 나뭇가지에 머물며
눈부신 빛을 내다 소리 없이 진다
오, 가여운 것들
울음 없이 가지 못할 길을
환하게 웃으며 사라지는
작고 순결한 꽃잎들
저 가여운 것들
지상의 이름 있는 것들
모두 그 길을 따라 간다
잠시 시간을 빌려 살다
저처럼 지상에 아무 흔적도 남기지 않고
사라지는 모든 가여운 것들

*4*

# 어느 여름날에

투명한 햇살 아래서
아내는 꽃무늬 양산을 쓰고 있다
눈부신 햇살을 받은 꽃무늬들이
무수한 꽃이 되어 떨어진다
아내는 지금 꽃비를 맞고 있다
소나기 같은 햇살

# 내 사랑

마른 가지에 활짝 피어나는
봄꽃처럼 문득 내 사랑 피어나
꽃비 내리고 노랫소리 가득했습니다

바람 불던 날 꽃잎들이 떨어졌습니다
꽃 진 자리에 남은 흉터처럼
내 사랑 진 마음에도 자국이 남아
바람 부는 날이면 그 아픔 이기지 못합니다

먼동에 아침 햇살 번지듯 내 사랑 와서
어두운 마음 구석까지 밝혔습니다
사랑이 넘쳐 온몸이 따스해졌습니다

먹구름에 해가 가려지듯
내 사랑 사라지면 마음도 슬픔에 가려졌습니다
길도 마을도 보이지 않는 어둠 속에서
내 사랑 찾아 헤매고 있습니다

# 사막의 연가

그래요 우리 사랑 너무 단단해
돌처럼 굳은 미라로 남아
이승에서 못 다한 잠깐 사랑
죽어서도 영원한 사랑
당신들에게 보여 주고 싶어요
쉽게 만났다 쉽게 헤어지는
당신들은 모를 거예요
부드러운 비단도 오백 년
나무도 천년은 견딘다는데
사람의 사랑이 몇 천 년,
억겁을 이어가지 못 할까요
뜨거운 사막도 거센 모래바람도
갈라 놓지 못할 우리 사랑
땅에 묻힌 우리를
흙으로 돌려놓지는 못할 거예요

# 낡은 집

내 몸을 누힐 집이 너무 낡았다
드나들 때마다
곳곳에서 삐걱거리는 소리,
무너질까 두렵다
내 영혼이 들어가 쉴 몸을
너무 오래 끌고 다녀서일까
반란하듯 움직일 때마다
곳곳이 쑤시고 덜거덕거린다

곳곳에 금이 가고 물이 새서
고치기에는 너무 낡았다
리모델링되지 않은 집과
보이지 않은 상처 너무 많아
고칠 수 없는 몸
모든 것 허물지 않고는
벗어날 수 없다

## 나팔꽃

사막의 호텔 창문으로
나팔꽃 여인이 불쑥 찾아왔다
얇은 보라색 두건을 쓴 채
창문을 두드린다
웬일이냐고 묻자
긴 줄기들이 내 몸을 휘감는다
세찬 바람이 그 여자의 얇은 속옷을
자꾸 들추며 보여 주는 하체의 생채기는
그 여자를 거쳐 간 폭염과 모래바람의
장난이란 걸 알 수 있다
입에서는 사막 냄새가 풍기고
목소리에는 모래가 서걱거리는
고향 냄새 물씬 풍기는 그 여인,
입술은 바싹 말라 있다
나는 어서 저 사막을 건너야 한다고 사정했으나
목이 너무 말라 물을 주기 전에는
갈 수 없다고 몸을 비튼다
낙타의 등을 열어

달빛과 별빛을 탄 물 한 바가지 부어 주자

가늘고 성긴 덩굴들 좋아라

꽃나팔을 불어 준다

# 안경

가장행렬을 위해 그는 안경 하나 준비했네
누구도 알아보지 못하도록
완벽하게 얼굴을 숨겨 주는 가면
외출할 때마다 그는 안경 걸치고 다니며
반짝거리는 안경을 자랑했네
빛을 구부려 만든 그것은
모든 것을 구부려 보이게 하는 것

가장행렬을 구경하기 위해
거리로 쏟아져 나온 수많은 사람들,
가면을 위해 박수를 보내지만
가면 아래 숨겨진 그의 표정과
음흉한 미소를 본 사람은 아무도 없네

어느새 몸의 일부가 되어 버린 안경
그는 안경에 어울리도록 얼굴을 고쳤네
이미 쓸모 없어진 눈은 퇴화해 버렸으니
안경 없이는 아무것도 할 수 없는 그는

안경에 달린 두 다리에 그의 인생을 의지해 살아가네
군림하는 안경에 순종해야 했네
눈물도 흘리지 않는 잔인한 안경은
속박이고 허구이고 가면이었네

# 외투

평생 그가 입고 다닌 남루한 외투
하나 남긴 채 젊은 그가 죽었다
먼 여행길 돌아와 쓰러진
그의 삶은 딱딱하게 굳어 있다
잠시 빌려 입었을 뿐인 그 외투에는
아직 따스한 온기가 남아 있다 언젠가
추운 겨울 거리를 지나다
장식이 많이 달린 낡은 그 외투를 걸치고
웅크린 채 지나가는 그를 본 적이 있다
단추는 떨어지고 군데군데 얼룩진 그 외투는
그에게 너무 헐거워 보였다
그가 자랑스러워하던 그 외투에서
문상객들은 한 웅큼의 추억과
바늘이 멈춰 버린 시계를 끄집어 냈다
그는 지금 시간의 울타리 밖에
헤진 누더기 한 자락도 걸치지 않은 채
맨몸과 맨발로 서 있다
남은 가족들은 미친 듯

차디찬 육신을 흔들고 울부짖으며
딱딱한 옷장 속에 그 낡은 외투를 구겨 넣는다
문상객들은 추억으로 못질을 하고
각기 무거운 외투를 걸치고 뿔뿔이 흩어진다

# 아이스크림

그는 근엄한 사진 뒤에 누워 있다
조문을 기다리는 사람들이 줄을 서고
빈소 주위에는 화환들이 생의
마지막을 장식하기 위해 줄지어 서 있다
저 화려한 빛깔과 향기는
주검을 감추기 위한 것
아니 거짓과 위선으로 가득했던 그의 생애의
냄새와 독소를 희석하기 위한 것
많은 위선과 냄새를 완전하게 감추기 위해서는
더 많은 화환이 필요할지 모른다
저 꽃들을 피워 내기 위해 얼마나 많은
진실한 사람들의 손과 땀이 필요 했던가
검은 옷 단정하게 입고
거짓 울음으로 조문을 받는 상주
슬픈 모습을 보이며 흘리는 눈물은
거짓을 버무려 만든 아이스크림 같은 것
그의 죽음이 정말 애석하다고
그의 생애가 위대했다고 혀를 날름거리는

문상객의 조문은 거짓으로 얼려 만든
아이스크림 같은 것이 아니면 무엇일까
철없는 아이들의 손에 쥔
아이스크림이 흘러내리는 줄도 모르고
화환에서 꽃을 따며 놀고 있다

# 어머니의 나들이길

어머니의 등이 자꾸만 구부정해져서
땅과 점점 가까워진다
어머니의 중심을 지탱하는 건
유모차 닮은 실버카다
바퀴 가는 대로 몸 내맡기며
비뚤비뚤 기어가는 지렁이 같다
그 모습을 뒤에서 바라보며
어머니의 길고 길었던 가시밭길과
무거웠던 삶을 떠올려 본다
무거운 보따리를 이고 동생 등에 업은 채
두 손에 두 아이 이끌며
한평생을 살아오신 어머니,
지금은 마지막 남은 삶을 지탱하게 하는
실버카를 두 손으로 꼭 쥐고 있다
이제 식솔들의 손을 잡기보다는
차가운 실버카의 손잡이를
더 미더워 하시는 것일까
무엇이든 무겁다며 내려놓고

지렁이처럼 천천히 삶의 마지막 고개,

얼마 남지 않은 바깥나들이길을 가신다

# 평등 세상

그녀 아이 셋 데리고 이십 대 초반 꽃다운 나이에
세상에 버려졌다
세상 바꿔 평등 세상 만들겠다며
지리산인지 태백산인지 들어가 소식 끊어진 남편
원망할 겨를도 없이 재수 없는 년이라는
편견과 수모를 이기며 살아 남는 게 더 힘이 들었다
핏덩이 하나 등에 업고 걸음 떼는 두 아이 데리고
그녀가 할 수 있는 일이란
바느질감 얻어다 삯바느질 하는 것뿐이었으리라
하루하루 연명이 유일한 희망이었던 그녀
언 손으로 빌린 재봉틀을 더 열심히 돌려야 했다
주인집 아이들 눈치 보며 추운 단칸방 구석에
웅크리고 있는 아이들 따뜻한 방에 등 눕히고
굶기지는 말아야 한다
아이들만이라도 평등 세상에 살게 해야 한다는
일념으로 키운 세 남매 하나 둘 모두 곁을 떠났다
한숨으로 수많은 날을 밝히던 먼 산 바라기 그녀
이제 쇠잔한 몸으로 침상에 누워 있다

남편이 생각나면 바늘로 허벅지 찌르며 밤을 지새던
청춘을 관통해 간 아픈 시간의 기억들만 뇌리에 박혀
있는지
굴곡 많았던 지난날들을 되풀이 이야기한다
나는 안다
병상에 누운 그녀가 더 이상
기억 바깥세상을 벗어날 수 없음을
바늘에 찔려 상처 없는 날 없었던 손으로
그녀가 일생 박음질하고 다림질한 것은
결국 자기의 운명이었음을
평등 세상이 아니었음을 나는 읽는다
그녀의 편안한 얼굴에서
떠나간 사내가 꿈꾸었던 평등 세상의 뭉게구름이
그녀의 주름진 얼굴 위를 지나는 것을

# 그림자

낮 동안 나를 따라다니던 감시자가
밤이 되자 어둠 속으로 자취를 감춘다
이제 떠났구나 싶어 잠자리에 든다
어느새 꿈속에까지 둥지를 틀고
잠을 뒤적거리며 꿈을 갉아먹는다
놀라 일어나 불을 켜니 언제 나왔는지
내 등 뒤에 앉아 있다
마음속 어느 곳에 뿌리내리고 사는지
알 수 없지만 조그만 방심하면
다리를 걸어 나를 넘어뜨린다
아무리 눌러도 아무 일 없었던 것처럼 자라나
언젠가는 내 목을 조르고
나를 삼켜 버릴지 모른다
내가 살아 있는 동안 나를 괴롭히면서
그 모습을 드러내지 않고 내 주위를 맴도는
그 녀석의 얼굴이나 한 번 보고 싶다

## 피아골 진달래

　지리산 피아골 어느 골짜기 지나다 유난히 붉게 핀 진달래 군락을 만났다 시체들이 산을 이루었다는 곳, 오십년 지나도록 땅만은 기억하고 있을까 울창하던 나무들 다 태워버린 그 세찬 불길에도 살아 남아 불꽃 같은 꽃을 피워 내고 있다 가슴에 맺힌 응어리 풀어 내려는지 흐드러지게 피어 있다 핏물이 격랑 쳤던 계곡에는 꽃물 붉게 우러난 물이 무심하게 흘러간다 진달래 꽃잎으로 허기진 배를 채우고 관목 사이를 바람처럼 다녔을 우리들의 아버지 뼈들이 묻혔을 어디쯤 지나다 울음소리가 들렸다 뒤돌아보아도 아무도 없었다 바람이 가지를 흔들며 대신 울어 주었다 무엇을 이야기하려는지 꽃들은 더 크게 눈을 뜨고 하늘을 가리키고 있다 어디서 날아왔는지 수많은 나비들이 날고 있다

## 짠해진다


동네 뒷산 어느 계곡에서
할머니의 시신이 발견되었다
치매를 앓던 할머니는
집을 나간 후 실종되었다고 말하는
가족들의 무표정한 얼굴과
산에서 길을 잃고 헤매다 굶어 죽었으리라고
말하는 구조대원의 사무적인 표정이 화면을 지나간다
늙어서 무리 따라 이동하지 못하는
아프리카의 코끼리는 무리에서 이탈해
숲 속 깊은 곳에 있는 늪 속으로
스스로 걸어 들어가 자취를 감춘다는데
숲에서 길을 잃고 헤매다 발견된 할머니도
스스로 숲으로 찾아 들어갔을지도 모른다
모두 내려놓고 싶었으리라
너무 오래 버려진 자신을 버리고 싶었을지 몰라
숲에서 길을 잃고 헤매던
할머니의 배고픔과 무서움과
늪으로 서서히 빠져 들어가던 코끼리의 눈매를 생각

하면
　짠해진다 길거리 곳곳에 내걸린 사람 찾는
　현수막 속의 무표정한 주름진 얼굴들을 보면

# 어떤 윤회

캄보디아 어느 도시 흙먼지 이는 길을 지나다
금방 허물어질 듯한 허름한 판잣집에
맨몸의 아이들이 잠들어 있는 것을 보았다

땟국으로 얼룩진 얼굴에
끊임없이 달라붙는 파리들이 극성,
파리와 먼지와 얼굴이 한 몸인
더 이상 벗을 것도 없는 저 모습들

어디서 본 듯해 눈물이 날 것 같아
먼 곳으로 눈을 돌리자 나를 향해
시커먼 손을 내밀며 파리 떼처럼
달라붙는 또 다른 아이들,
오래전 우리들 모습을 닮아 있다

맑고 투명하게 반짝이는 아이들의 눈망울에서
내 지나간 날들을 보고 있다
저들과 내가 어떤 인연의 끈으로

이어진 것이 아닌지

저 남루를 벗기 위해
얼마나 많은 생을 윤회해야 할는지
나는 윤회를 벗어나기보다
이 흙먼지 이는 길을 먼저 벗어나고 싶다

## 스페인에서

유라시아 대륙 서쪽 끝
안달루시아 바닷가에서 바람을 맞는다
바람에 실려 온 오렌지꽃 향기를 맡는다
저 유라시아 대륙 동쪽 끝 해운대
솔바람 속에 실려 온 솔향기를 떠올린다
동백꽃을 입에 물고
집시 무희가 현란한 플라멩고를 춘다
발뒤꿈치로 바닥을 두드리는 빠르지만 슬픈
엇박자에 맞춰 추는 춤사위를 바라보며
육만 마일 먼 곳에서
발뒤꿈치를 살며시 들어 올리는
이매방의 살풀이 춤사위를 떠올린다
말라가 해변에서 배꼽 드러낸 미녀와 춤추는
처용을 닮은 피카소를 만났다
그가 그렸던 황소의 눈과
그의 눈이 이중섭이 그린 소 눈과  닮았다
투우장에서 날뛰는 황소의 분노에 찬 눈빛은
청도 소싸움장에서 보았던 싸움소들의

바로 그 눈빛이다
이쪽 끝과 저쪽 끝을 이어 주는 눈빛이다

# 한길의 당산나무

자주 지나다니는 한길 한가운데의
당산나무 한 그루
너무 늙어서인지 공해가 심해서인지
제 가지조차 제대로 지탱하지 못한다
스스로 가지 부러뜨리고 밑둥치만 남아
새순을 피워 내지도 못한다
집안 어른처럼 길에 턱 버티고 앉아
나뭇가지 아래로 차들이 지나가게 한다
오가는 사람들에게 그늘 드리우지 못하고
그 나무 때문에 차들이 막히지만
불평하는 사람은 없다
이제는 새들도 날아들지 않고
치성 드리러 오는 사람들도 없다
그 나무의 내력을 아는 사람들도 없다
허술한 울타리 안에 갇혀
너무 쓸쓸해 보이지만
우리처럼 세월을 탓하는 것 같지도 않다

아주 오래전 도로를 넓히기 위해
그 나무를 베어 내려고 가지를 치기 시작하자
갑자기 천둥 치고 소나기가 내렸다고 한다
그 소문이 이후로는 영물이라고
제사 지내고 그 자리에 두기로 했다고 한다
요즘 아이들이 그 이야기 들었다면
내 어릴 적처럼 미신이라고 생각하겠지
그러다가 아이들이 철들 때쯤
이해하게 될 것이다

밤이면 동구밖에 서 있는 당산나무가
도깨비처럼 보여 무서웠다
여름날 나무 그늘 아래 앉아
할머니에게 옛날 이야기를 듣기도 했다
그런 기억이 없는 아이들 생각하면
왠지 우리의 삶이 너무 삭막해진다

한 번은 그 길을 지나치다 가지마다

링거병을 주렁주렁 달고 있는 것을 보았다
너무 쇠약해 영양제를 맞고 있다고 했다
잘 살아나 푸르고 무성한 잎을 달고
우리 앞에 그 의젓한 모습으로 다시
서 있었으면 하고 기원해 본다

# 시간의 상처

길가에 낡은 자동차 버려져 있다
폐차 직전의 수많은 상처들은
끔찍한 지난날들을 떠올리게 한다
흙먼지 두껍게 내려앉은 유리
내부에는 그런 기억들이 어지럽게 흩어져 있다

빛을 반짝이며 거리를 질주하던
아름다운 자태 간 곳 없는 자동차는
힘차게 달려 보려는 희망과
무너지려는 육신의 경계에 있다

저 자동차를 더욱 흉하게 만드는 건
철판을 삭아 내리게 하는
시간의 상처 때문이다
시간의 벽을 뚫고 달리려 했지만
시간을 이기지 못한 초라한 모습으로 서 있다
저 자동차는 어딘지도 모르게 끌려가
생을 마감할 것이다

# 서사적 서정과 연민의 정서

이태수(시인)

# 서사적 서정과 연민의 정서

이태수(시인)

## 1

박영호 시인의 시는 주로 서사적敍事的 서정抒情에 주어진다. 시인의 서정적 자아自我가 대상을 있는 그대로 그리기보다는 그 세계를 자아화해 떠올림으로써 이야기를 담은 서사 구조 속에도 심상心象 풍경이 반영된 서정이 자리매김한다.

시인은 끊임없이 길을 나선다. 발길이 주로 자연이나 역사적 배경을 거느리는 명소, 사람들이 어우러져 사는 풍경 속으로 이어지지만, 때로는 외부를 향한 듯 내면內面을 파고드는 자기성찰에 무게가 실리기도 한다. 게다가 시인의 그 풍경 속 깃들이기는 거의 예외 없이 거기서 촉발되는 마음의 그림들을 떠올리거나 대상에 내면 풍경을 투영投影하고 감정이입을 하는 양상으로 진전된다.

그의 시는 대부분 꾸밈없이 수수하고 진솔하다. 세태世態를 희화화戲畵化하면서 직설적으로 풍자하고 야유하는 경우도 있지만, 대개 자성自省으로 눈길을 돌려 연민憐憫과 사랑, 베풂의 정서를 환기하는 휴머니티가 관류하게

112

마련이다. 또한 꽃을 주제로 한 시에 두드러지듯, 섬세하고 예민한 감수성이 돋보이는 경우도 없지 않다. 자연 풍경에 심상 풍경을 포개어 떠올리는 일련의 묘사시들은 감각적이고 즉물적卽物的이며, 비교적 짧은 구문 속에 감성의 결과 무늬들을 촘촘하게 다져 넣고 있기 때문이다.

2

각별해 보이는 시인의 경주慶州 깃들기와 끌어안기는 사라졌거나 모습이 바뀌어 가는 불교 문화 유산들과 그 유산들이 거느리는 정신적 높이와 깊이에 대한 그리움과 우러름, 애틋한 연민을 동반한다. 연작시 「경주에 가다」는 그런 마음의 밝음과 어둠(그늘)의 무늬와 빛깔들을 다채롭게 떠올린다.

「경주에 가다 1」에서는 경주로 가는 길이 붐벼 닿기도 전에 지치고, 닿아서도 고분古墳들과 사라진 왕궁이나 절 터, '잊힌 시간을 파는 사람들'이 길을 막으며, 진정 보고자 하는 것은 보이지 않는다며 가지 않으려고 마음먹기까지 한다. 이 대목은 본질이 왜곡되거나 관광 상품화로 기우는 세태와 자신을 향한 성찰로서의 역설적 발언으로 보인다.

그러나 경주에 가게 되는 건 "가슴 속에/ 알 수 없는 그리움의 불씨가 살아나"게(남들과 같이) 하며, 더구나 그곳이 "마음속의 적멸보궁 같은 곳"이요, "다시는 돌아갈 수 없는/ 어머니 품속 같은 곳"으로 여겨지는 탓이다. 시인의 눈에 경주는 불상佛像을 모시지 않고 법당만 있는 불전佛殿(적멸보궁寂滅寶宮) 같고 다시 돌아갈 수 없는 어머니의 품속 같아 부처와 어머니의 품속을 더욱 절절하게 그리워하게 한다는 뜻으로도 읽힌다.

「경주에 가다 2」는 고분에 대한 느낌의 일단을 보여 준다. 시인은 이 세상을 감옥과 같은 곳이라고 전제하면서 무덤은 그 감옥살이가 끝나고 나서 또 한 번 들어가야 하는 감옥이라고 규정한다.

> 무덤은 죽어서 또 한 번
> 들어가는 감옥이다
>
> (중략)
>
> 사람들이 무덤 쪽으로 걸어간다
> 길이 끝나는 곳에 무덤이 있다
> 저녁 햇살이 사람들의 긴 그림자를 끌고
> 그 속으로 들어간다
>
> 출입금지 푯말이
> 잔디 위에 넘어져 있다
>
> —「경주에 가다 2」 부분

이 시는 사람(관광객)들이 감옥살이하면서 또 다른 감옥으로 나들이한다는 인식을 깔고 있다. 사람들이 그 속으로 들어가지 못하도록 막아 놓았는데도 그쪽으로 걸어간다면 다른 어떤 능동적인 힘이 그들의 허상虛像을 먼저 그 속으로 끌고 들어가게 된다고 희화화한다. 출입금지 푯말이 넘어져 있다는 표현은 그 여운을 더욱 미묘하게 남기기도 한다.

그런가 하면, 「경주에 가다 3」에서는 옛 무덤을 "모든 것의 끝인 그곳"이라고 단정하면서 고분(천마총天馬塚) 내부에 들어가서는 "무덤 주인이 누웠던/ 검붉은 흙이 드러나 있는 바닥은/ 파헤쳐진 채/ 사람들의 구경거리가 되고 있다"고 안타까워한다. "사람들은 자신들의 미래를/ 물끄러미 들여다보고" 돌아 나오며 "주인 없는 무덤을 가슴에 쓸어 담는다"고 감정이입을 하기도 한다. 사람들이 무덤 속을 구경하고 있지만 그것이 바로 그들의 미래이며, 무덤 밖으로 나오면서 그 '주인 없는 무덤'을 가슴에 쓸어 담는다는 것이다.

「경주에 가다 4」는 사람들이 절의 흔적을 지우며 사는 낡은 집들 사이 공터 잡초 속의 '초라한 탑 하나'를 부각시킨다. 자취마저 없는 옛 절의 탑 그림자만 마땅히 놀 곳 없는 아이들과 어우러지는가 하면, 그 주위의 포장마차와 손수레들이 동네 사람들의 '마음의 절집'이 되고 있는 형국이다.

그냥 구경거리만 될 뿐인 낡고 금 간 종鐘을 보면서도 "울지 못하는 자신을 향한 분노는/ 퍼런 녹이 되어 삭고 있다"고 그 소멸의 비애를 스스로의 분노로 해석한 「경주에 가다 5」나 돌밭에서 이름만 남은 절터를 지키고 있는 '일그러진 석불石佛'과 마주치며 "삭은 몸통과 일그러진 얼굴이/ 설법을 대신하는"것으로 읽고 있는 「경주에 가다 6」도 천년고도千年古都가 품고 있던 찬란한 불교 문화와 그 정신적 높이에 대한 시인의 짙은 그리움과 연민, 세월의 무상無常과 허무감을 투영하고 있다.

어디서나 땅을 파면 왕궁이나 사원의 흔적이 있다
부서진 기왓장이나 돌기둥,
장신구들이 검은 재와 함께 있다
사람들은 감미로운 옛 노래나 비단의 기억을 떠올리며
알 수 없는 비애에 마음 헝클어뜨린다
영화는 허물어진 돌탑에 붙은 이끼이거나
돌무덤 사이에 피어오르는 작은 꽃,
바람 불면 깨어나는 아우성에는
사라진 왕조의 슬픔이 스며 있다
가늠하지 못할 슬픔이
무덤으로 남아 있다
핏빛 노을이 무덤을 덮는다

—「고도에서」전문

구체적인 장소를 적시하지 않은 이 시 역시 고도에 깃들이면서 사라진 왕조에 대한 연민을 형상화한다. 땅을 파면 곳곳에서 발굴되는 왕궁이나 사원의 흔적들과 부서진 기왓장, 돌기둥, 장신구들 앞에서 비애를 느끼는 건 당연하기도 하다. 하지만 돌탑의 이끼나 돌무덤 사이의 꽃 등 하잘것없이 작은 것에서 그 옛날 왕조의 영화榮華와 아우성을 함께 떠올리는 상상력과 그 슬픔이 무덤으로 남아 핏빛 노을에 덮인다는 표현은 신선하다.

3

시인의 발길이 산이나 산속의 사찰이나 명소, 도심의 수녀원, 바닷가의 어시장, 어촌과 농촌, 이국 여행길 등으로 이어지면서는 그 대상들이 촉발하는 '마음의 그림'들을 다양하게 길어 올린다. 시인의 서정적 자아는 내면 풍경을 투영해 바라보고, 감정이입을 통해 들여다보기도 한다. 이 때문에 그 풍경들은 대개 알레고리나 은유隱喩와 은밀하게 연결된다.

사람들이 산으로 간다기에
가벼운 마음으로 산에 올랐네
수많은 발길이 이어졌을 산길이지만
숲이 우거지고 풀들이 웃자라
자칫하면 길을 잃을 뻔했네

정상으로 가는 길을 물어도 아무도 몰라
바람에게 길을 물어봐도
나뭇잎 흔들며 지나쳐 갔네

등에 멘 짐이 너무 무거워
몇 번이고 돌아갈까 망설였지만
새들이 동무가 되어 노래를 불러 주고
갖가지 꽃들은 길을 밝혀 주고
나무들도 그늘을 드리우며 땀을 식혀 주어
갈 길을 재촉했네
계곡을 건너고 돌밭을 지나 잠시 쉬려고
덤불을 헤치니 오래된 무덤들이 있었네
그 모습이 무언의 가르침 같기고 하고
텅 빈 머릿속을 탁 치는 한 소식 같기도 했네

가쁜 숨 몰아쉬며 오른 정상에는
구름으로 덮여 아무것도 보이지 않았네
신비로운 영혼을 가진 산들은
항상 구름으로 제 얼굴을 가리나 보네
다시는 산에 오지 않으리라 중얼거리며
골짜기로 내려와 산 위를 바라보니
얼굴을 드러낸 산이 또 오라며
환하게 웃고 있었네

—「바람에게 길을 묻다」전문

등산하면서 느끼는 마음의 결과 무늬들을 떠올려 놓은 이 시는 수많은 사람들이 오가는 산길이지만 그 정상으로 오르는 길을 아무도 모른다고 전제한다. 이 전제는 자연의 오묘함과 끊임없는 변화, 그 신비神秘에 비하면 인간은 하잘것없고, 산의 정상으로 오르는 길이 단순히 물리적인 길 만이 아니라 바라는 바의 이데아를 향한 '마음의 길'이라는 뉘앙스를 내비치고 있다.

　가벼운 마음으로 산을 오르면서 길을 잃을 뻔하고 마음이 무거워지는 건 자연이 안겨 주는 무게감 때문일 뿐 아니라 인간을 결코 그 깊이를 제대로 알지 못한다는 인식 탓이기도 할 것이다. 바람(자연)에게 길을 물어도 나뭇잎 흔들며 지나쳐 간다는 대목은 자연이 품고 있는 침묵이나 '말 없는 말'의 의미를 깊이 새겨들을 줄 알아야 한다는 일깨움과 이어져 있다고도 볼 수 있다.

　자연의 품은 그야말로 넓고 그윽하며 깊고 높다. 등짐이 무거워 오르던 길을 포기하려 하면 "새들이 동무가 되어 노래를 불러 주고/ 갖가지 꽃들은 길을 밝혀 주고/ 나무들도 그늘을 드리우며 땀을 식혀 주"는 포용력包容力과 위무慰撫로 길을 재촉하게 한다. 또한 산길에서 만난 무덤들도 '무언의 가르침'을 안겨 주지만, 정작 정상에 오르면 아무것도 보이지 않고 '구름으로 얼굴' 가린 산의 '신비로운 영혼'을 유추해 보게 할 따름이다. 산을 내려오면서 다시는 산에 오르려 않으려고 마음먹기도 하지만 "

얼굴을 드러낸 산이 또 오라며/ 환하게 웃고 있"다는 건
역시 자연과 인간의 극명한 대비를 시사示唆한다.

　아무튼 화자(시인)에게 산은 높고 가파르며 멀고 험한
대상이다. 하지만 그 정상은 사뭇 다른 세계를 품고 있
는 매력의 대상이다. 「비슬산」에서 시인은 이 산이 그런
곳이지만 "정상에서 나를 기다리는 안식"이라든가, "가
파른 벼랑 위로 보이는 저/ 천상의 화원"이라고 노래한
다. 「양탄자」에서도 진달래꽃이 절정인 봄철의 비슬산
풍경을 "붉은 양탄자 사람들 가득 싣고/ 구름 속으로 날
아간다"고 미화美化한다.

　시인의 풍경 속에 깃들이기는 그 풍경 속에서 '마음의
길' 찾기의 양상으로 진전되는 점도 뚜렷한 특징이다. 부
처를 만나기 위해 갓바위로 가는 산길을 오르다가 "지고
가는 마음 무거워 내려놓고/ 돌아갈까 망설이며 내려오
는 사람들의 표정을 읽는"데 "빈 마음으로 내려오는 사
람들의/ 얼굴 너무 환해 마음 고쳐먹는다"(「갓바위 간다」)
는 대목은 부처를 만나 얼굴 환해지고 싶은 소망의 표현
이다. 또한 '한 가지 기원(소원)은 반드시 들어준다'는 소
문 때문에 사람들로 붐비는 갓바위부처 앞에서 "모두들
엎드려 기도하고 염불을 외우며/ 가부좌 틀고 앉아 살아
있는 부처가 되었"(「갓바위 풍경」)다고 본다든가,

　지그시 눈감고 내려다보시던 갓바위 부처님

뙤약볕 아래 꼼짝도 않고

기도 드리는 사람들이 안쓰러운지

바람을 불러 사람들의 땀을 식혀 줍니다

멀리 있던 구름들도 달려와

구름 모자를 씌워 주네요

부처님 저 많은 사람들의 간절한 소망을

졸지 않고 다 듣고 있다는 듯

자욱한 향 연기 사이로

가끔 엷은 미소를 띠우기도 합니다

—「갓바위 풍경」 부분

라는 시인의 마음자리는 푸근하고 그윽해 보인다. 단순히 떠도는 소문과 기복 신앙祈福信仰을 긍정적으로 받아들인 다기보다는 소원을 이루고 싶어 하는 사람들의 삶에 대한 연민이 앞서 있기 때문이다. 여기서 시인의 '마음의 길'은 휴머니티의 발로에 주어지며, 더욱 풍요로운 삶에의 길이 라고 볼 수 있다. 그런 마음은 "오랫동안 몸이 불편해 나 들이하지 못하고/ 웃음도 잃은 채 집에만 있는 친구를 위 해/ 어서 미소 되찾기를 기원"해 본다는 마지막 구절에 진술하게 적시돼 있다.

도심의 낡고 오래된 수녀원을 두고 "세상이 아무리 소 란스러워도 그곳에는/ 깨우면 안 되는", "속된 마음으로 우왕좌왕하는 사람들은/ 고요를 혹시 깨울까 가까이/ 가

121

지도 못하는"(「성분도수녀원」) 성역聖域이라고 보는가 하면, 먼 이국 여행길에서 고비사막 횡단 야간 침대 열차에 누워 차창 밖의 별들을 바라보면서 운주사 천불천탑을 떠올린「운주사 천불천탑」에는 이 절 공사를 한 석공石工 부부가 스스로 별밤 하늘에 취한 와불臥佛이 됐으며, 그 와불이 일어나면 태평성대太平聖代가 온다는 전설에 착안, "와불이 배를 타고 미륵 세계로 노 저어 간다면/ 나도 기차 타고  밤이 새도록 사막을 건너가면/ 그 아름다운 곳에 닿을 수 있을까"라는 꿈을 꾸게도 한다.

시인의 시선이「죽도 시장에서」와 같이 시장판에 닿아서는 아귀다툼 벌이는 난장亂場도 깨달음과 마주치게 한다고 대승적大乘的 시각을 보여 주는가 하면, "폐선이 되어 버려진 포경선을 바라보며/ 돌아오지 않는 고래를 기다"(「고래를 기다리며」)리는 늙은 수부水夫 팔뚝에 새겨진 고래 문신에 몸짓에 연민을 끼얹기도 한다.


4

이야기를 담은 서사 구조가 두드러지는 점도 특징 중의 하나다. '마음속' 시리즈에는 그런 구조 속에 시인의 마음이 어디로 향하든 짙은 휴머니티가 실린 이야기가 담겨 있다. 홀몸으로 월남越南해 반세기 넘게 이산離散의 아픔 속에서 살아온 한 노인의 이야기를 축약한「마음속의 지팡이」는 죽음의 문턱에서도 북한에 두고 온 가족과의 약속을 지키려고 안간힘을 쓰는 모습을 통해 분단의 비극을 처절하게 되살린다. 시인은 그를 지탱해 준 것이 '지팡이'라고 그 외로움과 아픔을 극대화하면서 자신의 마음을 거기 포개 놓은 경우다.

도시화로 사라져 버린 옛집의 우물에 얽힌 갖가지 애환들을 그리움의 정서로 정겹게 반추하는 「마음속의 우물」에는 "늙고 병들어 생의 마지막 물을 퍼내"는 어머니에 대한 애틋한 마음을 그 우물에 투영해 "우물도 어머니도 사람들의 기억에서 멀어졌지만/ 삶의 갈증을 느낄 때/ 그 우물을 떠올리는 것만으로도/ 살아가는 활력을 되찾을 수 있어/ 오늘도 우물이 있던 곳을 기웃거려 본다"고 토로한다. 사막은 분명 삭막한 곳인데도 그런 사막을 마음속에 간직하면서는,

순한 눈빛의 낙타들이 살고
밤이면 찬란한 별빛이 야생 양파들의
하얀 꽃을 자욱이 피워 내는 곳
모진 바람 불어도 변함없이
제자리 지키는 그런 사막이 있네

—「마음속의 사막」 부분

라고 역설한다. 「마음속의 절집」에서는 또한 산 속 깊은 곳의 그 절집은 "금박 입힌 부처가 내려와/ 어깨를 두드려

주는 곳"이며 "정적을 끌며 조심조심 걸어 다니는/ 그 절의 사람들/ 마음에 등불 켜고 다니는지/ 어두운 밤에도 불을 밝히지 않아도/ 어둠 속에서도 아무 불편 없이 살고/ 세찬 바람도 맑은 목탁 소리로 바꿔 버리"고 시간도 멈춰서 있는 곳으로 묘사하고 있다.

옛 수성못을 그리워하는 시인에게 지금의 그 모습은 바뀌는 세상과 세월의 무상을 절감케 하고, 사라진 것들과 잃어버린 시간들이 아쉬움을 커지게 한다. 더구나 "추억이 너무 많아 아무리 퍼내도 마르지 않는/ 추억의 옹달샘"(「마음속의 수성못」)과 같이 마음속에 자리매김하고 있어 "세월의 버스조차 지나치지만/ 내 마음은 못둑에 매인 채 출렁거"(같은 시)리게도 하는 것이다.

시인은 동물을 보면서도 연민의 정을 느끼기는 매한가지다. 개미를 애처로이 바라보면서 "하느님이 내려다본다면/ 우리의 모습도 이와 같으리라"(「개미」)고 그 처지를 인간 쪽으로 끌어당겨 들여다본다. 아파트의 구석진 곳에 도둑고양이들이 모여 사는 걸 "구속이 싫어 집 나왔지만 세상과 화해하지 못하고/ 우리 주위를 맴도는/ 비루먹은 고양이들"(「도둑고양이」)이라며 측은지심으로 바라본다.

그늘도 없는 울타리 안에 갇힌 양들과 나무 그늘에서 양 떼를 바라보는 개를 대비시킨 「양 떼」, 소나기 뒤 진흙탕의 지렁이 지나간 흔적과 아우슈비츠 독가스실 벽에 남아 있는 손톱 자국을 닮았다고 보는 「살아 있는 건 모두 흔적을 남긴다」등도 비슷한 맥락으로 읽히는 서사 구조의 이야기시다.

타워크레인이 도는 고층 아파트 공사장 인근 전봇대의 까치들이 까치집을 지키겠다고 꿈쩍도 하지 않는다는 「까치집」, 색깔 바래고 가죽은 찢겨 천 조각, 스펀지, 짚 등이 삐져나온 채 골목길에 버려진 의자에 지팡이로 몸을 겨우 가누는 노인이 걸터앉아 쉬는 광경을 그린 「의자」 등은 어떤 사물도 따뜻하게 감싸 안는 시인의 곡진한 마음자리를 읽게 해주는 시다.


5

시인의 감각은 섬세하고 예민하다는 느낌을 안겨 주기도 한다. 특히 비교적 짧은 시에 그런 특성이 두드러져 있다. 「이른 봄」에서 시인은 봄이 오는 기미를 잔설殘雪 남은 먼 산이 푸르른 곳으로 조금씩 자리를 옮겨 앉는다거나 새 순들이 실바람에 가볍게 떠는 모습에서 감지한다. 「꽃모종을 옮겨 심다」에서는 화분에 남아 있던 구근에서 돋은 연둣빛 싹이 '눈을 반짝인다'고 표현하거나 스스로를 "희망의 싹 한번 틔워 본 적 없는 가슴"이라며 마치 자신을 옮겨 심듯 구근을 조심스럽게 옮겨 심는다는 대목 역시 그다운 면모를 보여 준다.

그런가 하면, 창밖의 정원에서 봉우리를 벌리는 목련을 보고 내려가는 사이에 이미 지고 있다(「잠깐 사이」)고 표현하는 이면裏面에는 꽃이 피고 지는 게 한 해를 기다린 데 비해 그야말로 '잠깐 사이'라는 인식이 깔려 있다. 민감한 계절 감각은 「봄날」에도 잘 드러나 있다.

　늙은 아낙네 몇몇 좌판 벌려 놓고
　쏟아지는 잠 이기지 못해
　봄볕에 지친 어깨를 기댄 채 졸고 있다
　아무도 눈길 주지 않는 좌판 위로 몰려오는
　푸성귀들이 봄볕에 시들고 있다

—「봄날」부분

이 시에 등장하는 '졸음', '봄꿈', '봄볕' 등이 모두 따스한 어휘들이지만 길지 않은 현상이므로 봄날의 "환한 봄볕도 한낱 지나가는 사치"(같은 시)라고 여기며, "벚꽃들 환히/ 길 밝혀 주는 봄밤"(「벚꽃 지는 길」)도 이내 소리 없이 사라지듯이 당신(사람)도 같은 길을 걸어가야 한다는 말 역시 그렇다.

이같이 자연 풍경에 심상 풍경을 포개 놓는 묘사시들은 대체로 감각적이고 즉물적卽物的이다. 이 점도 또 다른 특징으로 읽힌다. "섬진강가 매화 지는 것 본다/ 난분분 꽃잎들이 날아가서/ 하얗게 강을 뒤덮는 매화강 된다"(「매화강」)는 대목이나 "가지가 휘어지도록 꽃들이 무더기로 피어/ 넓은 그늘을 만든다"와 "흩뿌려지는 꽃의 흰빛과 아찔한 향기가/ 환한 연등을 밝히는 거다"(「이 팝나무 아래서」)라는 표현은 그 부분적인 예에 지나지 않는다.

이 같은 묘사시에는 거의 어김없이 심상 풍경들이 겹쳐져 있다. 봄날 이팝꽃이 활짝 피어 있는 모습을,

허기진 사람들을 위하여
희망의 밥상을 가득 차려 놓은 거다
나무들의 마음을 읽고도
그늘에 앉아 땀이나 식히는 나는
허기진 사람들을 위해
밥상을 한 번이라도 차린 적 있었던가
—「이팝나무 아래서」 부분

라고, 이내 자성自省으로 방향 전환을 하면서 '베풂의 미덕'을 환기한다. 이 대목에서의 허기진 사람들에게 베풀어야 한다는 메시지는 일차적으로 자신을 향한 것이지만, 대외적으로 확산되는 뉘앙스를 묻히고 있다고도 볼 수 있다.

활짝 핀 꽃 속에
용암이 넘쳐 흐른다
붉은 폭풍에 눈이 먼

나비들이 길을 잃고 헤맨다
활활 타오르는 불길이
모든 것 다 태울 것 같다
저 손이 위험하다

—「모란」전문

　이례적일 정도로 짧은 이 시는 활짝 핀 모란꽃의 자태
를 '용암 분출'과 '붉은 폭풍'으로 과장하면서 나비를 눈
멀어 헤매게 하고, 모든 걸 다 태울 듯 위험하다고 한다.
이는 시인이 대상을 있는 그대로 그리는 것이 아니라 서
정적 자아가 대상(세계)을 주관화(자아화)해 봄을 맞은 내면
의 뜨거움(생명력)을 극대화한 경우라 할 수 있을 것이다.
　그래서 그럴까. 시인은 "들끓는 마음에 떠밀려/ 봄날
한가운데로 나서"(「봄날 간다」)기도 하지만, "저 들판 들끓
는 마음 벗지 못한 나를/ 홀로 남겨 두고 그렇게 봄날 가
고 있"(같은 시)다는 비감悲感을 비켜서지 못하게도 한다.
엘리베이터를 타고 내려가는 사이 목련꽃이 지고 있다고
생명의 덧없음을 노래한 「잠깐 사이」를 되짚어 보게 하는
시다. 하지만 시인은 그런 지나가고 떠나가고 소멸하는
아픔이 안겨 주는 비감을 밤하늘에 반짝이는 별로 승화
시켜 바라보려는 꿈을 꾸게 되기도 한다.

　들판에 흐드러진 저 꽃들이 별이 된다면

밤하늘이 얼마나 아름다울까

아름답게 지저귀는 저 새들이 별이 되어 노래한다면

천사들의 노래가 저보다 더 고울까

은빛 비늘의 고기들이 별이 된다면

하늘이 은빛 물결로 일렁이겠지

꽃과 새와 고기들이 어우러진 은하수를 건너면

오작교 너머 그리운 당신 만날 수 있을까요

나도 별이 된다면 어둠속에만 빛나는 별이 아니라

언제나 아름답게 빛나는 별이 된다면

———「별이 된다면」전문

이 꿈이야말로 정결하고 환상적이며, 유한有限의 생명에 대한 연민과 사랑이 무한無限의 세계에의 염원으로 상승하는 이미지들은 마치 현악의 선율처럼 따스하고 아름답고 곱다. 게다가 은하수와 오작교 너머의 '당신'을 그리워 하고, "어둠속에서만 빛나는 별이 아니라/ 언제나 아름답게 빛나는 별"을 꿈꾸는 시인의 꿈은 그 자체만으로도 그지없이 아름다워 보인다.


6

시인은 언제나 아름답게 빛나는 별을 끌어안듯 꿈꾸지만 늘 마주쳐야 하는 현실은 그 반대편과도 같은 곳이다. 자신을 들여다보면 언제나 따라다니는 '감시자' 같은 '그

림자' 때문에 시달려야 한다. 꿈속에서조차 꿈을 갉아먹
는 그림자가 "언젠가는 내 목을 조르고/ 나를 삼켜 버릴
지 모른다"며, "그 녀석의 얼굴이나 한 번 보고 싶다"(「그
림자」)고 토로하며, "몸을 눕힐 집이 너무 낡"아 "모든 것
허물지 않고는/ 벗어날 수 없다"(「낡은 집」)고도 절규할 정
도다. 어머니에 대한 마음도 무겁기는 마찬가지다.

> 지금은 마지막 남은 삶을 지탱하게 하는
> 실버카를 두 손으로 꼭 쥐고 있다
> 이제 식솔들의 손을 잡기보다는
> 차가운 실버카의 손잡이를
> 더 미더워 하시는 것일까
> 무엇이든 무겁다며 내려놓고
> 지렁이처럼 천천히 삶의 마지막 고개,
> 얼마 남지 않은 바깥나들이길을 가신다
> —「어머니의 나들이길」 부분

어머니를 향한 이 애틋한 마음은 "아이 셋 데리고 이
십대 초반 꽃다운 나이에/ 세상에 버려졌"(「평등 세상」)던
한恨과 고난苦難에 그 뿌리가 내려져 있다. 「평등 세상」
은 남편이 그런 세상을 만들겠다고 "지리산인지 태백산
인지 들어가 소식 끊"긴 뒤 삯바느질로 연명하면서 자식
들은 굶기지 않고 평등 세상에 살게 해야 한다는 일념으

로 살아온 어머니 이야기를 절절하고 진솔하게 담고 있다. 시인은 이젠 쇠잔한 몸으로 병상에 누운 어머니의 한과 질곡桎梏으로 점철된 생애를 여전히 평등하지 않은 세상과 오버랩해 떠올린다.

기억 바깥세상을 벗어날 수 없음을
바늘에 찔려 상처 없는 날 없었던 손으로
그녀가 일생 박음질하고 다림질한 것은
결국 자기의 운명이었음을
평등 세상이 아니었음을 나는 읽는다
그녀의 편안한 얼굴에서
떠나간 사내가 꿈꾸었던 평등 세상의 뭉게구름이
그녀의 주름진 얼굴 위를 지나는 것을

—「평등 세상」부분


어둡고 그늘진 곳은 도처에 자리잡고 있다. 평생 입고 다니던 남루한 외투 하나 남긴 채 죽은 젊은이를 목도하면서 "남은 가족들은 미친 듯/ 차디찬 육신을 흔들고 울부짖으며/ 딱딱한 옷장 속에 그 낡은 외투를 구겨 넣는"(「외투」) 장면 묘사나 이 세상의 거짓된 모습을 장례식장 풍경을 통해,

검은 옷 단정하게 입고

거짓 울음으로 조문을 받는 상주
슬픈 모습을 보이며 흘리는 눈물은
거짓을 버무려 만든 아이스크림 같은 것
그의 죽음이 정말 애석하다고
그의 생애가 위대했다고 혀를 날름거리는
문상객의 조문은 거짓으로 얼려 만든
아이스크림 같은 것이 아니면 무엇일까
철없는 아이들의 손에 쥔
아이스크림이 흘러내리는 줄도 모르고
화환에서 꽃을 따며 놀고 있다

—「아이스크림」 부분

고 세태를 희화화하며 풍자하고 야유한다. 가식假飾과 위선僞善이 넘쳐나는 오늘의 사회에서 이런 비판과 질타로부터 자유로운 사람은 철없는 아이들뿐이다. 망자도 예외가 아니며 상주도 문상객도 거짓으로 빚은 아이스크림 같은 거짓 눈물을 흘리고 조문弔文 하며, 아이들만 진짜 아이스크림이 흘러내리는 줄도 모르고 거짓(화환)의 꽃을 따며 놀고 있다는 건 분명 '블랙 코미디'에 다름 아니다.

영상 화면으로 한 치매 할머니의 시신 발견 뉴스를 보면서 아무 말도 믿지 않고 그 할머니가 스스로 숲으로 찾아 들어갔을지도 모르며, 너무 오래 버려진 자신을 버리고 싶었을지 모른다고 보는 시각도 오늘의 노인 문제에 대한 심각한 물음이 아닐 수 없다. 이 같은 시선은 "길거리 곳곳에 내걸린 사람 찾는/ 현수막 속의 무표정한 주름진 얼굴들을 보면"(「짠해진다」) 역시 짠해질 수밖에 없을 것이다.

시인은 캄보디아 어느 도시의 허름한 판잣집에서 잠자는 맨몸의 아이들을 보면서 눈물이 날 것 같아 먼 곳으로 눈을 돌리자 자신을 향해 "시커먼 손을 내밀며 파리 떼처럼/ 달라붙는 또 다른 아이들/ 오래전 우리들 모습을 닮아 있다"(「어떤 윤회」)고, 그 모습을 지난날 남루했던 자신(우리)의 현실로 들여다보기도 한다.

> 저 남루를 벗기 위해
> 얼마나 많은 생을 윤회해야 할는지
> 나는 윤회를 벗어나기보다
> 이 흙먼지 이는 길을 먼저 벗어나고 싶다
> ─「어떤 윤회」부분

그런 윤회輪廻는 일단 차치且置하더라도 그런 상황을 먼저 벗어나고 싶다는 심경心境 역시 가슴 짠하게 한다. 이런 비감 속에서는 투명한 햇살이 위안이 되기도 한다. 소나기처럼 쏟아지는 햇살은 꽃무늬 양산을 쓰고 있는 아내의 양산 꽃무늬들을 꽃비가 되게 하고 아내는 그 꽃비를 맞고 있다(「어느 여름날에」)는 환상은 시인이 그래도 애써 붙들고 있는 '따스한 희망'이자 '사랑의 전언'의 등가물等價物이 아닐까 하는 생각도 해본다.

시인은 "길도 마을도 보이지 않는 어둠 속에서/ 내 사랑 찾아 헤매고 있"(「내 사랑」)으며, "뜨거운 사막도 거센 모래바람도/ 갈라놓지 못할 우리 사랑/ 땅에 묻힌 우리를/ 흙으로 돌려놓지는 못할 거예요"(「사막의 연가」)라고 한다. 이 대목이 자꾸만 메아리 되어 다가오는 것만 같다. 이 같은 사랑에의 발길과 믿음이 그를 가슴 따뜻한 시인으로 살아가게 추동推動하고 있는지도 모를 일이다.

**박영호**

1947년 대구에서  태어났다. 경북대학교 의과대학과 대학원을 졸업했으며 외과전문의와 의학박사 학위를 취득했다. 1992년《시와 시학》신인상으로 등단했다. 시집『산길에서 중얼거리다』(시와시학사, 1996)를 냈으며 대구시인협회 회장을 역임했다. 현재 외과병원을 운영하고 있다.


## 바람에게 길을 묻다
박영호 시집

초판 1쇄  2016년 11월 10일
초판 2쇄  2017년  7월 28일

지은이 · 박영호
펴낸이 · 김종해
펴낸곳 · 문학세계사

주소 · 서울시 마포구 신수로 59-1(04087)
대표전화 · 02-702-1800    팩시밀리 · 02-702-0084
이메일 · mail@msp21.co.kr
홈페이지 · www.msp21.co.kr
페이스북 · www.facebook.com/munsebooks
출판등록 · 제21-108호(1979.5.16)

값 8,000원
ISBN  978-89-7075-829-9  03810
ⓒ 박영호, 2016

이 도서의 국립중앙도서관 출판예정도서목록(CIP)은 서지정보유통지원시스템 홈페이지(http://seoji.nl.go.kr)와 국가자료공동목록시스템(http://www.nl.go.kr/kolisnet)에서 이용하실 수 있습니다.(CIP제어번호:CIP2016024708)